Si quelqu'un pouvait nous regarder d'en haut, il verrait que le monde est rempli de gens pressés, qui courent dans tous les sens, fatigués, en sueur, mais il verrait aussi leurs âmes égarées, à la traîne...

Une âme égarée

Olga Tokarczuk
Joanna Concejo

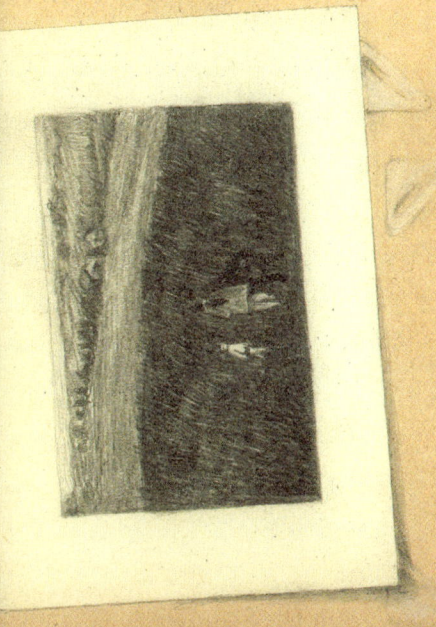

Traduit du polonais par
Margot Carlier

Éditions FORMAT

Il était une fois un homme qui travaillait beaucoup et très vite. Depuis longtemps déjà, il avait laissé son âme loin derrière lui. Sans âme, il vivait plutôt bien, d'ailleurs : il dormait, mangeait, travaillait, conduisait sa voiture et jouait même au tennis. Parfois seulement, il avait l'impression que tout était devenu trop plat autour de lui, comme s'il se déplaçait sur une feuille à carreaux, lisse et bien ordonnée, d'un cahier de maths.

Un jour, pendant l'un de ses nombreux voyages, cet homme se réveilla dans sa chambre d'hôtel, au beau milieu de la nuit, avec la sensation de ne plus pouvoir respirer. Il regarda par la fenêtre sans trop savoir dans quelle ville il se trouvait : vues d'une fenêtre d'un hôtel, toutes les villes se ressemblent. Il ne savait pas non plus pourquoi il était venu ici et comment. Et le pire, c'est qu'il avait aussi oublié son prénom ! Quelle drôle d'impression de ne plus pouvoir s'adresser à soi-même ! Il se taisait, donc. Tout simplement. Il ne se parla pas de toute la matinée et se sentit alors vraiment très seul, comme s'il n'y avait plus personne à l'intérieur de son corps. En se regardant dans le miroir de la salle de bains, il ne voyait qu'un trait flou. Il crut un instant qu'il s'appelait Marek, mais aussitôt après, il était certain que c'était Roman. Affolé, il fouilla sa valise à la recherche de son passeport… et découvrit qu'il se prénommait Jan.

Le lendemain, il alla consulter un vieux médecin, connu pour sa sagesse, lequel lui dit ceci :
— Si quelqu'un pouvait nous regarder d'en haut, il verrait que le monde est rempli de gens pressés, qui courent dans tous les sens, fatigués, en sueur, mais il verrait aussi leurs âmes égarées, à la traîne, qui ont du mal à suivre leur propriétaire. Tout cela provoque une grande confusion : les âmes n'ont plus leur tête, et les hommes finissent par ne plus avoir de cœur. Les âmes savent bien qu'elles ont perdu leur propriétaire, mais les gens, souvent, ne se rendent pas compte qu'ils ont perdu leur âme.

Ce diagnostic inquiéta profondément Jan.
— Mais comment est-ce possible ? Est-ce que j'ai donc perdu mon âme, moi aussi ? demanda-t-il.
Le sage médecin lui répondit :
— Cela arrive, car la vitesse à laquelle les âmes se déplacent est bien inférieure à celle des corps. Les âmes sont nées à une époque très lointaine, juste après le Big Bang, quand l'univers n'avait pas encore atteint sa vitesse actuelle et pouvait se voir dans un miroir. Il faut vous chercher une place et vous y asseoir tranquillement pour attendre votre âme. En ce moment, elle doit se trouver à l'endroit où vous étiez il y a deux ou trois ans. Cette attente peut prendre du temps. Mais je ne vois pas d'autre remède pour vous.

L'homme prénommé Jan suivit ce conseil. Il se trouva une petite maison en bordure de la ville et chaque matin allait s'asseoir tranquillement sur une chaise, et il attendait. Il ne faisait rien d'autre. Cela dura des jours, des semaines, des mois. Ses cheveux avaient poussé et sa barbe lui descendait jusqu'à la taille.

ZNALEŹĆ SOBIE JAKIEŚ SWOJE MIEJSCE I POCZEKAĆ

...i poczekać...

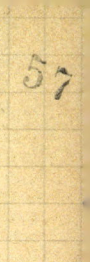

Pour finir, un après-midi, quelqu'un toqua à sa porte et l'homme vit alors apparaître sur le seuil son âme égarée – épuisée, sale et couverte d'égratignures.
— Enfin ! lança-t-elle, essoufflée.

Pour finir, un après-midi, quelqu'un toqua à sa porte et l'homme vit alors apparaître sur le seuil son âme égarée — épuisée, sale et couverte d'égratignures.
— Enfin ! lança-t-elle, essoufflée.

146

147

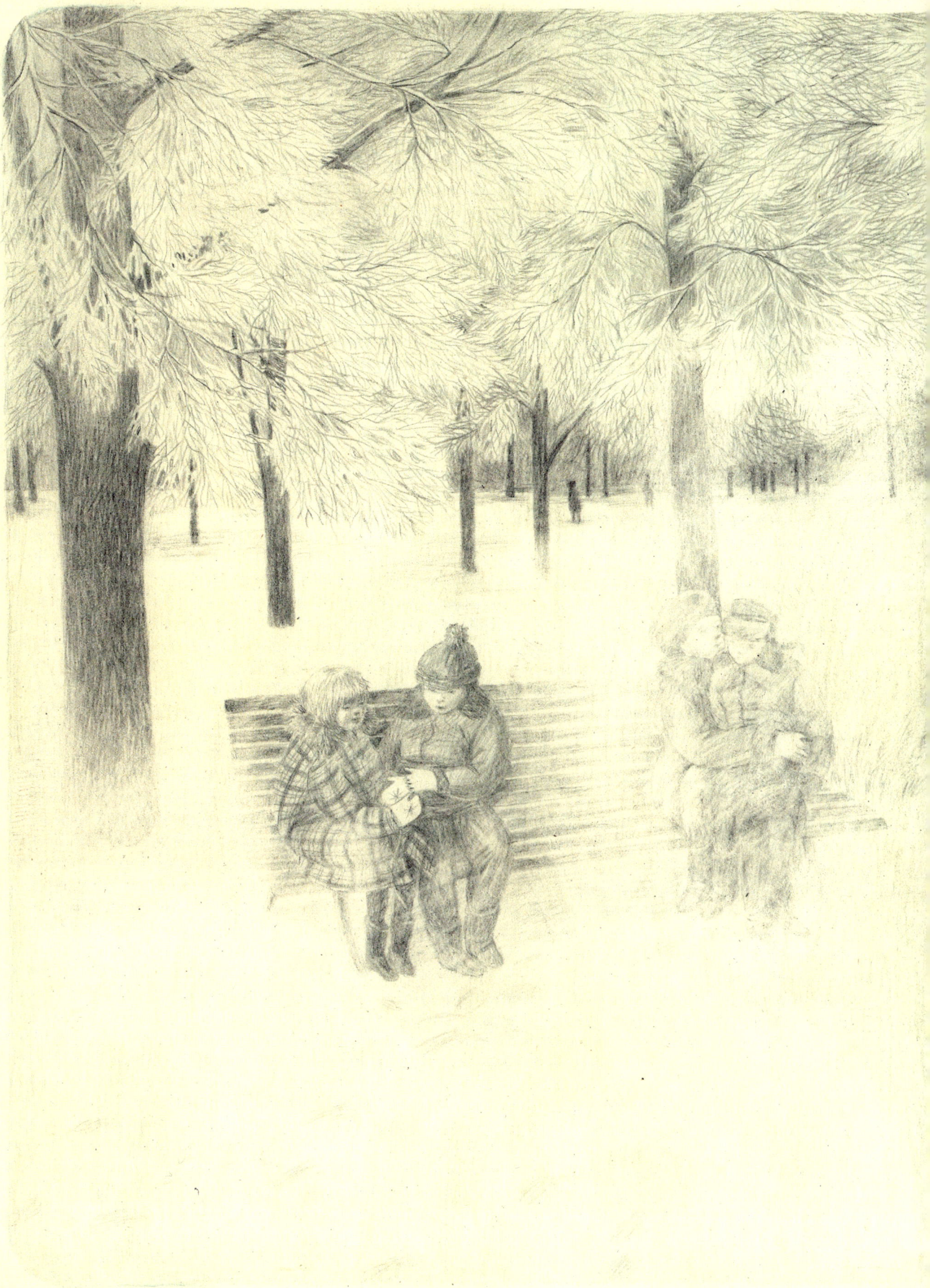

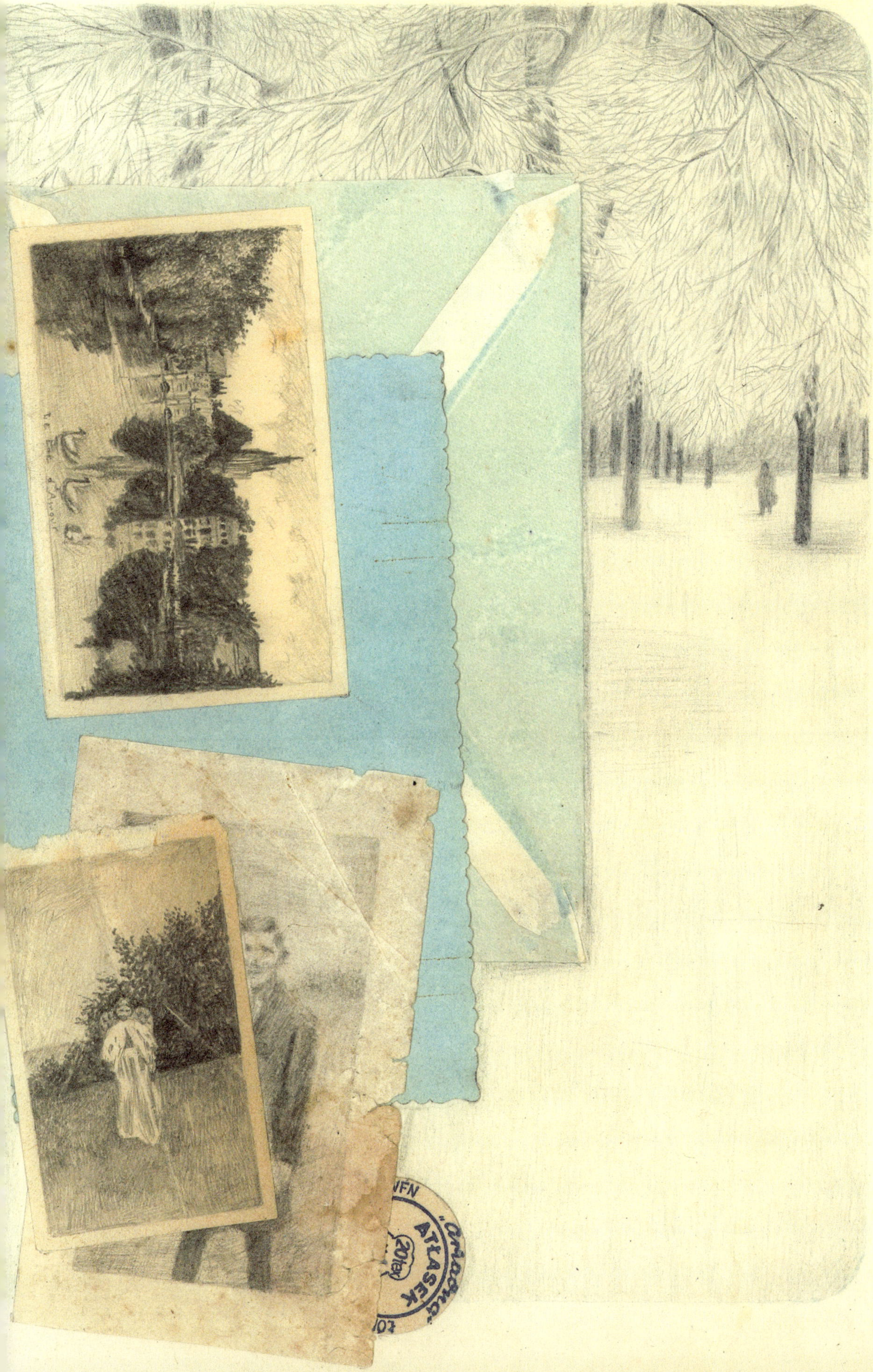

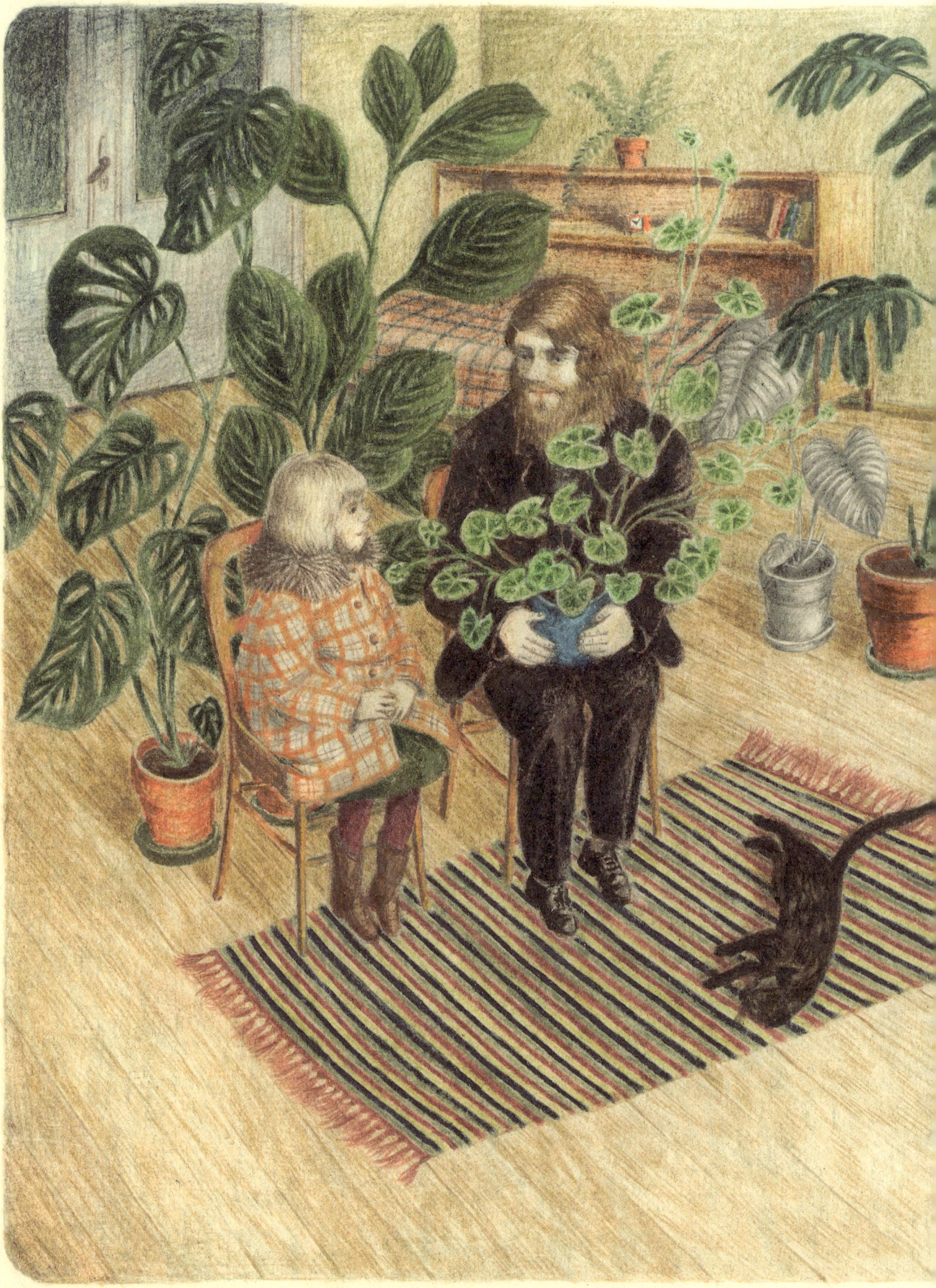

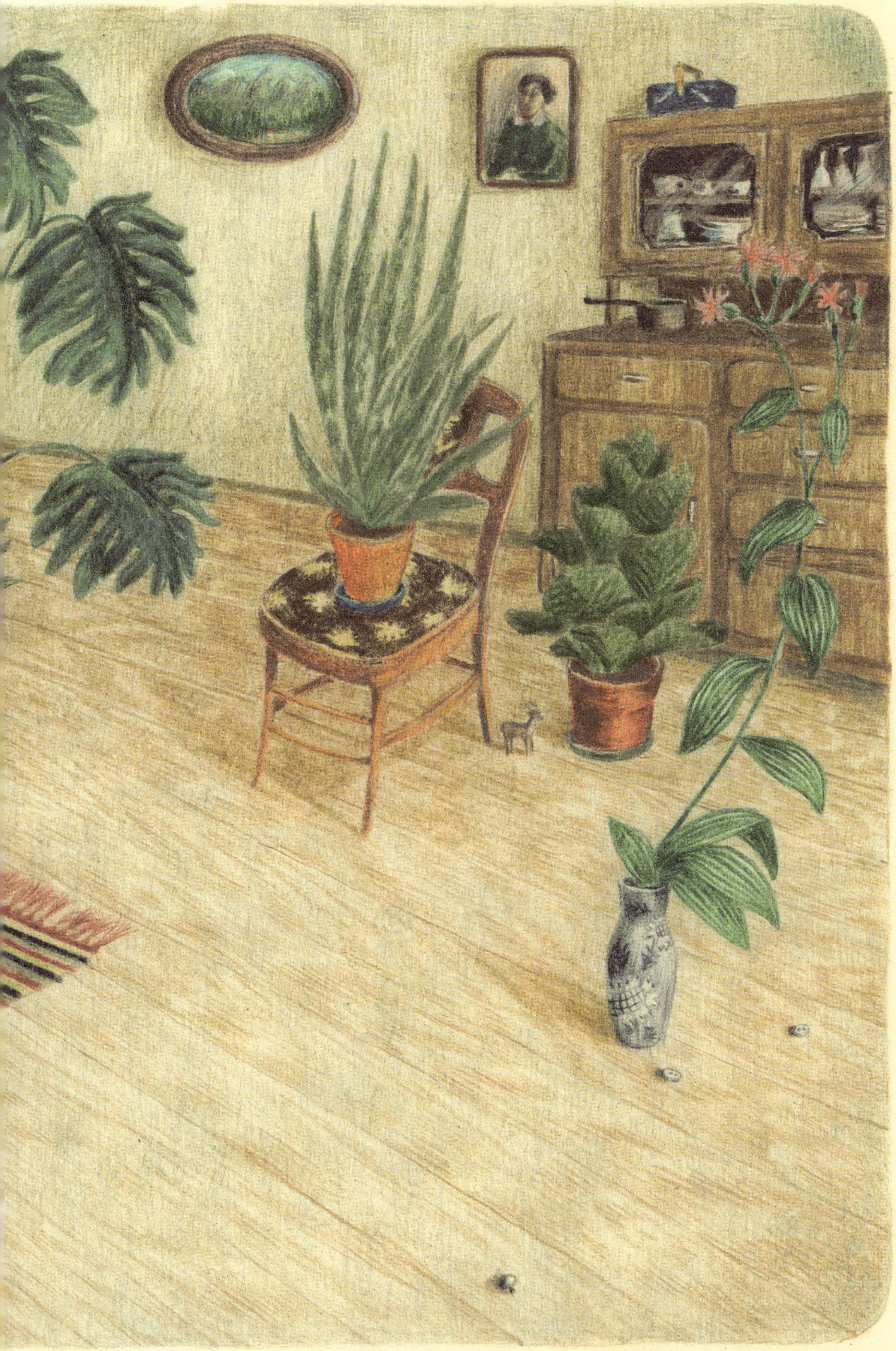

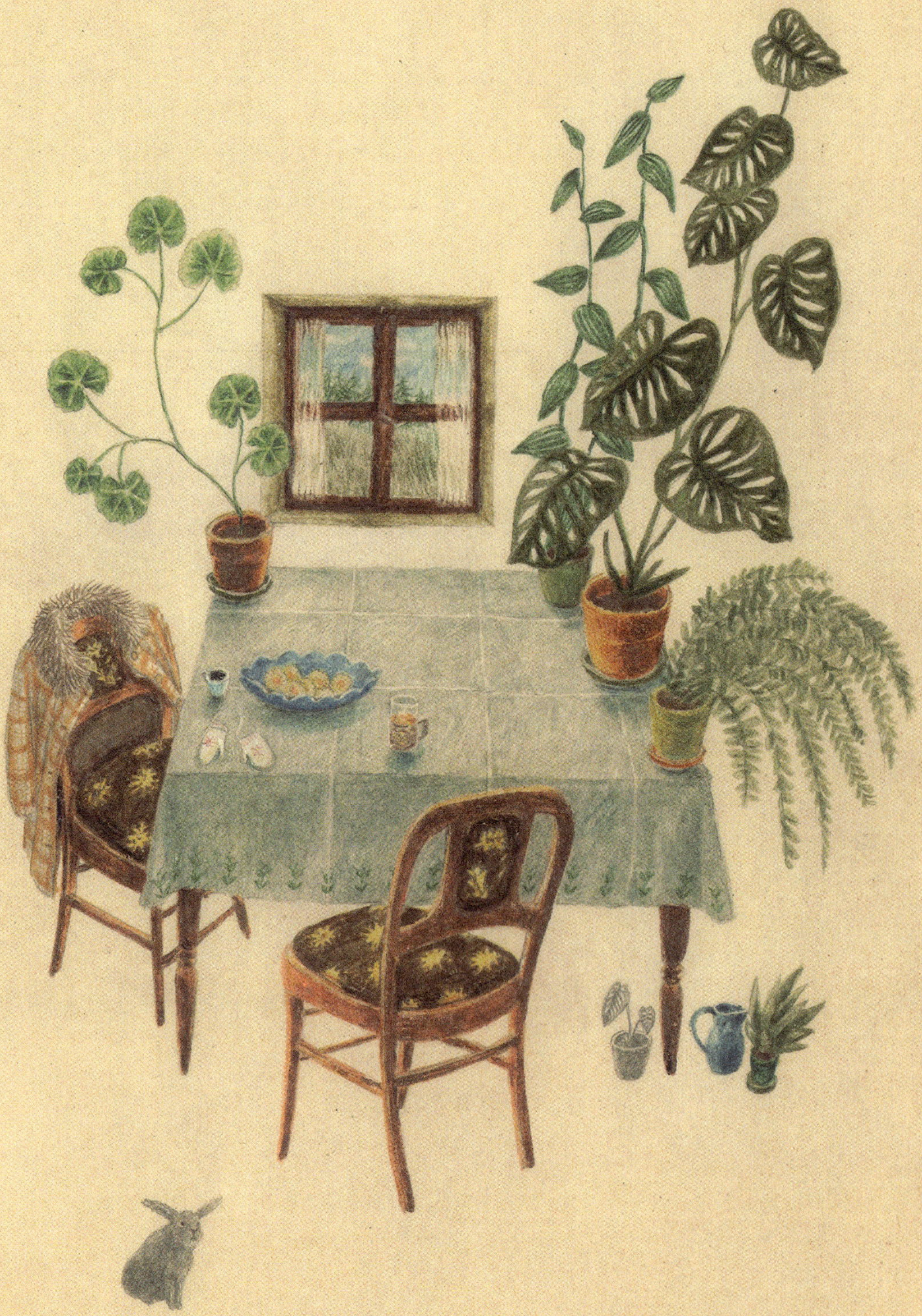

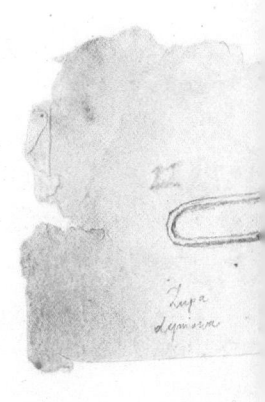

Ils vécurent ensuite heureux durant de longues, longues années. Jan veillait bien à ne pas faire les choses trop vite, pour que son âme puisse le suivre. Un beau jour, il enterra dans son jardin toutes ses montres et ses valises. Les montres donnèrent de jolies fleurs, qui ressemblaient à de petites clochettes aux couleurs variées. Quant aux valises, elles prirent racine et se transformèrent en d'énormes citrouilles. Une excellente nourriture pour les longs hivers paisibles de Jan.

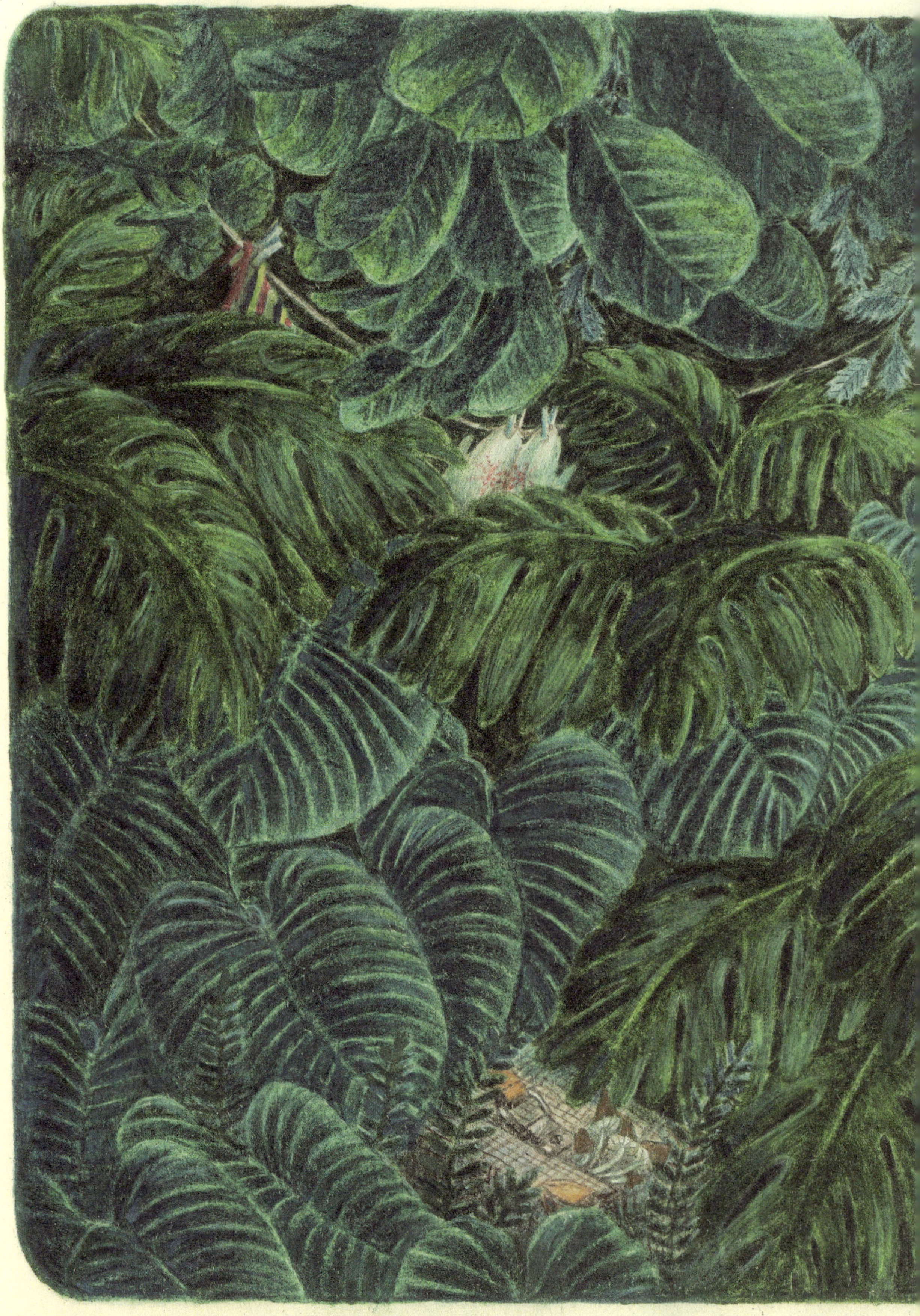